강
은
정

＊

바쁜 일상 속에서도
무언가 삶의 흔적을 남기는 날은 행복합니다.
자연 속에 몸을 내맡기고
글감을 떠올리며 잠시 쉬어 가는 동안
일상에 쫓기던 나는 사라지고
어릴 적 읽었던 동화속 주인공이 된
나만이 남아 오롯이 그 시간을 즐깁니다.

-2017   경상국립대학교 교육학박사학위 취득
-2010~현재   ㈜누리 대표
-현 산청군 사회적기업협의회 회장
-저자 유튜브   은정TV

KB122162

은정의 정원

은정의 정원

Photo essay for five seasons

강은정 지음

나무와 바다

초록의 푸르름을 바라보듯
한 편의 따뜻한 동화를 읽듯

　꽃과 나무 그리고 자연의 매료된 때를 지금도 선명하게 기억합니다. 꽃과 나무를 키우며 꽃과 생활하는 것은 제 삶의 큰 낙이자 즐거움입니다. 코로나19로 힘겨웠던 3년의 기간 동안 저는 자연에서 큰 위로를 받았습니다. 돌이켜보니 꽤 오래전부터 나무와 꽃을 심고 키우며 돌보는 것을 좋아했습니다. 기쁜 마음으로 하루 종일 정원에서 화초를 돌보며 아름답게 핀 자연을 즐겼지요.

　코로나19 이후 저는 여러 가지 감정들과 제가 꿈꾸는 내일, 행복했던 순간 순간, 그리고 제가 그리워한 향기를 자연과 함께 한 장의 사진과 짧은 글로 기록해 왔습니다. 때로는 북적이는 도시에서 때로는 푸르고 드넓은 자연 속에서 만끽하는 잠시간의 여행은 더없는 휴식이자 기쁨이 되었습니다.

다양한 색으로 물드는 사계절의 모습과 다채로운 자연 속에서 느끼는 여유, 반짝이는 별을 보며 곧 그리워질 순간에 드는 감정을 소중히 느끼고 찾으며 즐겁게 살아가고 있습니다. 분명 편안하고 싱그러운 나날들입니다.

지치고 힘든 삶 속에서 초록의 푸르름을 바라보듯, 또 한 편의 따뜻한 동화를 읽듯, 책을 펼쳐봐 주세요. 꿈과 희망을 주는 빛과 같은 책으로 남는다면 더 바랄 나위가 없겠습니다.

자연과 여행, 패션에 관심이 있으신 모든 분들에게 작게나마 도움이 되길 바라봅니다.

강은정 드림

차 례

들어가는 글

봄   A warm spring day

여름   A clear summer

가을

A tingling autumn

겨울

A happy winter

그리고 봄

And spring

걱정말아요. 당신도 아름다운 꽃을 피울 거에요.

Don't worry. You'll have beautiful flowers.

A warm spring day

봄

꽃

꽃이 피어 납니다.
저마다
하나 둘 꽃망울을
터트립니다.
너의 모습과
너의 향기로움처럼

걱정 말아요.

당신도 아름다운
꽃을 피울 거예요.

Flowers

Don't worry.
You will bloom beautiful flowers, too.

찔레꽃

꺾으려는 마음은 상처가 됩니다.

안아주고

향기를 맡아주세요.

찔레꽃의 꽃말은

신중한 사랑입니다.

꺾으려는 마음 대신

신중한 사랑으로

한 번 더 보듬어 주세요.

Wild rose

The heart to break is hurtful.

Hug and smell the scent.

벚꽃

흩날리는 벚꽃잎은

마치 하늘에서 내리는 눈 같아

따스한 봄날인데도

겨울을 생각나게 하기도 했어요.

떨어지는 벚꽃잎을 잡으면

소원이 이루어 진다는 말을 들어보셨나요?

벚꽃잎을 잡아

제 주위의 모든 이가

행복하기를 바란다고 소원을 빌어봅니다.

Cherry blossoms

Have you heard that if you catch a falling cherry blossom leaf,

your wish will come true?

우연

벚꽃길 끝자락에서 발견한
홍목련

홍목련 아래에서 마주한
하얀 고양이

우연이 만든 일상에서
소박한 행복을 느낍니다.

Coincidence

In the daily life created by coincidence,
I feel simple happiness.

필요한 존재

天下生無綠之人 地不長無名之草

(천하생무녹지인 지부장무명지초)

하늘은 복 없는 사람을 내지 않고

땅은 이름 없는 풀은 기르지 않는다.

사람이나 식물이나 다 존재의 이유가 있다.

다 각자의 위치에서 모두 필요한 존재인 것이다.

A necessary being

People and plants all have a reason to exist.

They are all necessary in their respective positions..

"좋았다면 추억이고,
나빴다면 경험이다"

저는 개인적으로 이 말을 좋아해요.
나쁜 일을 겪었다면 경험이라 생각하고
그냥 넘기고 실패했든, 좋지 않은 일이었든
그 일을 통해 배우고 같은 일의 번복을 막는
본보기가 되기 때문이에요.

모든 경험이 좋을 순 없겠지만

가치 있다고 생각해요.

It's a memory if it was good,
and an experience if it was bad.

Not all experiences can be good, but I think they're worth it.

나의 궁전

오늘은 나에게 좋은 사람이 되어 보세요.

여기는 궁전이고

나는 이곳의 주인이에요.

나에게 좋은 공간, 좋은 음식, 좋은 시간을 선물하세요.

그리고 나를 꼭 안아주세요.

잘 하고 있다.

잘 하고 있다.

정말 잘 하고 있다.

My palace

Be a good person to me today.

And give me a big hug.

초록하늘 위 분홍구름

초록하늘 위에

분홍구름이

떴습니다.

겹겹이 꽃잎이

만들어낸

분홍구름에

봄이 가는 아쉬움을 달래봅니다.

Pink clouds above the green sky

In the pink clouds created by the petals.
I'm trying to soothe the sadness that spring is going away.

쉼표

꽃을 보니
후회가 된다.

왜 그토록
화내고 속상해하고 걱정했을까.

세상에는 이렇게 아름다운 것들로

가득한데...

오늘 여기 앉아
잠시 내려놓고 쉼표 하나 찍고 간다.

Comma

I'm going to sit here today and
put it down for a while and take a comma.

생각나는 사람

가장 기쁠 때 생각나는 사람

가장 힘이 들 때 생각나는 사람

가장 외로울 때 생각나는 사람

나는 당신에게 그런 사람이 되고 싶습니다.

The person that comes to mind

The person you think of the most when you're lonely.

I want to be that kind of person to you.

다 당신[*]

개나리꽃이 피면
개나리꽃 피는 대로

살구꽃이 피면은
살구꽃이 피는 대로

비 오면
비 오는 대로

그리워요.
보고 싶어요.
손잡고 싶어요.

다 당신입니다.

---

* <다 당신> 시인 김용택

찬란한 꽃

인생살이 조급하게 생각지 마세요.

그대의 속도로 꾸준히 가다보면

그대가 원하는 것을

하나씩 하나씩 이루게 될 거예요.

언젠가는 끝끝내 찬란한 꽃을 피울 테니,

그 꽃피는 계절은 언젠가는 꼭 올테니.

A brilliant flower

If you keep going at your own pace,

You will achieve what you want one by one.

행복하기 때문에

윌리엄 제임스는

"사람은 행복하기 때문에 웃는 것이 아니라,

웃기 때문에 행복하다."는 말을 했습니다.

억지로라도 웃으면 기분과 생각이 변한다는 뜻인데요.

무슨 일이든 생각하기에 달려 있는 것 같습니다.

오늘 하루도 웃을 일 없다고 낙심치 마시고

먼저 '하하하, 호호호' 웃어 보시기 바랍니다.

행복한 일은 스스로가 만들어 나가는 것이니까요.

Because I'm happy.

If you laugh forcibly, your mood and thoughts change.

I think it's up to you to think about anything.

쉼

쉰다는 건
게으름이 아니라

충전입니다.

고귀한 뜻을 지닌
상상의 새, 봉황.
그 기운 받고
더 힘찬 내일을 약속합니다.

Resting

Resting is not laziness, it's charging.

조각정원

해맑은 좋은 날씨

싱그러운 바람 그리고 바람소리

나를 바라보는 너의 눈빛

오늘의 소중한 순간 순간을 사진에 담아봅니다.

Sculpture Garden

bright and fine weather

Fresh wind and the sound of wind.

시골마을 작약꽃

따스한 5월

시골마을에 작약꽃이 활짝 피었습니다.

크고 탐스러운 모습 때문에

'함박꽃'이라고도 불리기도 한답니다.

생기가 넘치는 화사한 작약꽃을 보니

제 기분도 피어나는 것 같아요.

꽃 하나로 하루가 조금 더 행복해졌습니다.

이것이 바로 '소확행' 아닐까요?

바쁘게 살았던 삶 속,

무심코 지나칠 수 있는 꽃을 보며

힐링하는 시간을 가져보세요.

Peony Flower in Village

Take a healing time by looking at flowers that you can pass by casually.

도시에서의 휴가

오늘은 이렇게 쉬어갑니다.

천천히 간다고 혼내는 사람 없으니
오늘은 이렇게 쉬어갑니다.

일상에 지쳐 있다면
오늘 하루
아니
지금 잠깐,
기지개 한번 켜고 쉬어가세요.

A vacation in the city

There's no one scolding me for going slowly,
so I'm going to rest like this today.

동백꽃 그리움[*]

떨어져 누운 꽃은

나무의 꽃을 보고

나무의 꽃은

떨어져 누운 꽃을 본다.

그대는 내가 되어라.

나는 그대가 되리.

---

* <동백꽃 그리움> 시인 김초혜

5월

5월이 왔습니다.

열정의 장미처럼

당신을 사랑했던

5월이 왔습니다...

당신은 가고 없지만

그리운 마음만은

뜨거운 5월입니다.

May

May has come when I loved you like a rose of passion.

장미 한 송이[*]

장미 한 송이 드릴 님이 있으면
행복하겠습니다.
화원에 가득한 꽃
수많은 사람이 무심코 오가지만
내 마음은 꽃 가까이

그리운 사람을 찾습니다.

무심한 사람들 속에
꽃을 사랑하는 사람은
행복한 사람입니다.

---

* <장미 한송이> 일부. 시인 용혜원

니가 참 좋다.

I like you very much.

A clear summer

여름

저 붉은 노을엔

노을 지는 하늘이 유독 붉은 것을 보고

눈을 살짝 감아 보아요.

헤어짐을 아쉬워하는 태양처럼

눈을 감아도 노을이 눈앞에 아른아른 맴돌다

해가 사라지자 곧 이어 구름 뒤로 숨어버렸네요.

오늘 하루도 소중한 추억의 한 페이지.

In that red sunset

Close your eyes slightly
when you see the sunset sky being particularly red.

노을 품은 공원

공원에서 멋진 노을을 보게 되었습니다.

시간이 지남에 따라 변하는 하늘이 정말 아름답습니다.

노을을 보고 있으면 뭔가 기분이 들뜨고

몽글몽글해지는 느낌을 받는 것 같아요.

한 순간 감성적으로 변하는 시간이었고,

자연이 주는 아름다운 색에 다시 한번 반하게 되었답니다.

하루 중 아주 짧게 지나가버리는 시간이라

더욱 소중하고 애틋함이 드는 순간이였습니다.

내일의 노을은 어떤 색으로 우리를 기다리고 있을까요.

A sunset park

The sky that changes over time is really beautiful.

백일홍 나무

나른한 오후, 산책 오솔길에서 만난
분홍빛 흐드러지게 피어있는 백일홍꽃.

분홍빛에 취해

향기에 취해

한참을 나무 그늘 아래에 서 있었습니다.

A crape-myrtleg

Drunk in pink, intoxicated by the scent,
I stood under the shade of a tree for a long time.

간지럼 나무

길가에 배롱나무 분홍꽃이 활짝 피었습니다.

멀리서 보아도 진분홍꽃이 피어있는 모습을 보면 저절로

감탄사가 나옵니다. 배롱나무는 이름이 여러 개입니다.

꽃이 오랫동안 핀다고 해서 백일홍나무 혹은 목백일홍이라

부르기도 하고, 나무 줄기를 만지면 잎이 움직이는데

꼭 간지럼을 타는 것 같다 하여

간지럼나무라 부르기도 한답니다.

배롱나무는 분홍빛 꽃을 주렁주렁 매달아

주변을 화사하게 만들어줍니다.

배롱나무가 무리지어 꽃을 피운 풍경을 보고 있노라면

화려한 기품이 느껴져 눈을 떼기 힘들 정도입니다.

Tickling tree

Tickling tree is hung with pink flowers, making the surroundings bright.

초록의 싱그러움

사계절을 좋아하지만,
그 중에서도 초록의 싱그러움을 지닌
계절을 좋아합니다.
푸릇푸릇한 넓은 잔디밭에서
맨발로 오롯이 자연을 느껴봅니다.
싱그러운 풀밭, 따스한 햇살,
아름다운 자연은 누구에게나
건강한 에너지를 건네줍니다.

맨발로 자연을 느끼니

저절로 건강해지는 기분입니다!

The freshness of green

Beautiful nature gives healthy energy to everyone.

시절인연(時節因緣)

불가 용어에 시절인연(時節因緣)이란 게 있습니다.

모든 인연에는 오고 가는 시기가 있다는 뜻이죠.

굳이 애쓰지 않아도 만나게 될 인연은

만나게 되어 있는 것이고 애를 써도 만나지 못할 인연은

만나지 못한다는 것입니다.

사람이나 일이나 물건과의 만남 또한

깨달음과의 만남도 그 때가 있는 법인 것 같습니다.

Fate in time

There is a time when every relationship comes and goes.

하늘

파란하늘

싱그러운 풀내음

그리고 바람소리

따뜻한 너의 눈빛

오늘의 소중한 순간

사진으로 담아본다.

Sky

The blue sky, a fresh smell of grass

And the sound of the wind. your warm eyes

Let's capture today's precious moments with pictures.

니가 참 좋다

하늘이 맑아
니가 참 좋다.

싱그러운 바람이 불어
니가 참 좋다.

니가 참 좋다.

순간 순간 니가 참 좋다.

I like you very much

I like you because the sky is clear.
I like you because of the fresh wind.

백의종군로

백의종군로는 이순신 장군이 직위를 박탈당하시고
가장 낮은 병사가 입는 흰 옷을 입으시고
병졸의 직분으로 유배를 가기 위해 걸었던 길이다.

이순신이 백의종군을 하기 위해

서울에서 합천까지 670km 내려 갔다고 한다.
역사적으로 뜻깊은 이순신 백의종군길을 걸으며
충무공의 정신을 되새겨 보았다.

White-clothes Jonggun way

I reflected on the spirit of Chungmugong.

계곡

울창한 산자락, 맑은 시냇물과 기암절벽,
차가운 바람이 어우러진 계곡은 여름 스테디셀러 여행지이다.
넓게 펼쳐진 푸른 바다도 좋지만
시원하고 깨끗한 계곡의 매력을 말하라고 한다면
끊임없이 말할 수 있을 정도이다.

울창한 나무들과 들꽃들을 바라보며
계곡 물소리를 듣는 것만으로도 여름철의 무더위를 날려버리고,
에너지를 충전하기에 충분했다.

Valley

Just listening to the sound of the valley water was enough
to blow away the summer heat and recharge energy.

해바라기처럼

길을 걷다 우연히 마주친 해바라기가
허전한 마음을 위로해 준다.
해바라기를 보면 저절로
행복해져 미소를 짓게 된다.
"매일 행복하진 않지만
행복한 일은 매일 있어."

사소한 것에도 행복해져

당신이 웃음 짓는
하루가 되길 바라본다.

Like a sunflower

Sunflowers that I encountered by chance
while walking on the street console my empty heart.

의자에 앉아

커다란 의자에 무심코 앉아

그대를 생각합니다.

그대를 생각하는 내 마음을

당신은 알고 있을까요?

In a chair

Sitting casually on a big chair,
I think of you.Do you know how I feel about you?

진흙 속에서도
연꽃이 핀다

진흙 속에 자라면서도 더럽혀지지 않는
처염상정의 연꽃을 보면 코로나19로 어려운
상황 속에 놓인 우리의 삶을 보는거 같다.
주변의 여러 가지 오염 속에서도
물들지 않고, 청결하게 피어나는 연꽃을 보며
어려운 환경을 이겨내고 찬란한 미래가 올 것이라고,

조금만 더 힘을 내보자고.

Lotus flowers bloom even in the much

Let's cheer up a little more, saying that a brilliant future
will come after overcoming the difficult environment.

공원을 걸어요

'피랑'은 '벼랑'의 통영말입니다.

북피랑은 관광지라기보다 야산같은 느낌이고,

동피랑은 카페와 벽화마을로 유명 관광지가 되었습니다.

서피랑은 전체적으로 동네 공원 같은 곳이지만

99계단과 기슭에는 여러 노포들이 밀집해 있습니다.

서포루에서는 통영 시내와 바닷가가 한눈에 보여서 좋았고,

더운 날씨에도 시원한 바닷바람이 불어서 상쾌했습니다.

같은 바다 배경이지만 동포루와 서포루에서 바라보는 풍경이

조금 달랐습니다.

곳곳에서 만나는 문학적인 공간들도 좋았으며,

동피랑보다 붐비지 않아 편안하게 산책할 수 있는 장소였습니다.

I walk in the park.

It was refreshing because the cool sea breeze blew even in hot weather.

바다

바다에 오니 당신 생각이 납니다.

파도가 휘몰아치듯
쏟아졌던 내 마음도

이제 고요하게
당신을 추억합니다.

Sea

My heart, which poured out like waves,
now remembers you in silence.

수목원

수목원으로 유명한 카페를 방문했습니다.
수목원의 나무들은 무성하게 자라
카페의 지붕까지 덮고 있습니다.
카페 사장님은 오랜 시간 나무가 자라는 것을 보고
그 나무들이 계절마다 다른 풍경을 만드는 모습을
지켜봐 왔다고 하셨습니다.

"숲과 자연이 주는 편안함을 통해
위로와 치유가 되는 곳을 만들고 싶다."는
사장님의 '아름다운' 고집에 감탄하였습니다.

Arboretum

"I want to create a place where I can comfort
and heal through the comfort of the forest and nature."

자신감은 항상 거기 있다

가끔

내가

너무 작아 보일 때

초라해 보일 때

열어보세요.

자신감은 항상

내 안에 있어요.

이 세상 누구보다 나는

멋진 사람입니다.

Confidence is always there

Confidence is always in me.

I'm the coolest person in the world.

여행

파도 치는

바닷가에 앉아

흩날리는 머리칼을 잡아봅니다.

어느새

잠잠해진 바닷가에서

바다향기 맡으며

바람향기 맡으며

여행의 여유를 만끽합니다.

Travel

Enjoy the relaxation of the trip
by smelling the scent of the sea on the quiet beach.

그대로 받아들이는 것이
좋은 겁니다

좋은 건지 나쁜 건지
아무도 모릅니다.

파란 하늘은 파란 하늘대로
흐린 하늘은 흐린 하늘대로
그대로 받아들이는 것이 좋은 겁니다.

어떤 색의 하늘이든

고개 들어 하늘을 보는

여유를 가져보는 건 어때요?

It's better to take it as it is

I don't know if it's good or bad. No one knows.

곧은 대나무

대나무를 바라보고 있으니
대나무처럼 살아가는 인생은 어떨까 생각해 봅니다.
흔들리지만 뿌리가 깊어 다시 중심을 잡고,
단단하지만 탄성이 있어 세찬 바람에도
부러지지 않고 언제나 푸르름을 지키며 나가듯이

살아가는 동안 힘든 일이 있어도

늘 중심을 잃지 않고 지쳐 쓰러지지 않으며,
푸르른 마음을 간직한 채 살아가는 것을요.

Straight bamboo

I wonder what life would be like like bamboo.

한산대첩광장

'한산대첩광장'은 위기에 빠진 나라를 구한
한산도대첩의 승리를 기리기 위해 조성된 광장이에요.
당시 이순신 장군이 전쟁의 지휘하는 모습과
수군들의 전투 장면을 판옥선 위에 재구성한 조형물이
있습니다. 조형물 하나하나가 역동적으로 만들어져
순간 타임머신을 타고 당시 현장으로 간듯한 착각을
불러 일으킵니다. 역사가 살아 숨 쉬는 곳에서
다시 한번 한산대첩에 대해 알아가는 시간이 되었고,
한국인의 긍지를 느꼈습니다.

Hansan Battle Plaza

This square was built to commemorate
the victory of the Great Battle of Hansando.

그리움이 다리가 되어

나의 그리움이 쌓여

다리가 되었나보다.

오늘은 일단,

걸어보자.

그리움 가득 안고

너에게로 간다.

Longing becomes a bridge

My longing must have piled up

and become a bridge.

작은 빛의 뭉쳐짐

빛 하나 하나에
사랑이 담겨 이렇게 아름답나 봅니다.

빛의 뭉쳐짐이 주는
황홀함.

작은 빛도 작은 마음도
귀한 것입니다.

The clumping of light

The ecstasy of the clumping of light
Small light and small heart are precious.

가을날 하루하루가 소중하다.

Every day in autumn is precious.

A tingling autumn

가을

하모와의 데이트

하모는 진양호와 남강에 서식하고 있는

천연기념물 수달을 모티브로 해 만든 진주의 캐릭터예요.

상대방에 말에 말에 강한 긍정을 나타낼 때 쓰는

진주 방언에서 이름을 따왔답니다.

목에는 도시 이름 진주에 걸맞게 진주목걸이를 하고 있습니다.

수달의 모습이 귀엽고 사랑스러워

진주 시민들의 사랑을 듬뿍 받고 있다지요.

하모와 사진 한 장의 추억을 남겨봅니다.

Date with Hamo

The otter's appearance is cute and lovely, so it is loved by Jinju citizens.

비오는 날의 수채화

공원 곳곳에는 일상에서 발생하는 폐품을
소재로 한 정크아트 조형물도 있었어요.
버려지는 쓰레기로 예술 작품을 만드는 것이
참으로 인상 깊었습니다. 시선을 조금만 바꾸면
쓰레기도 훌륭한 예술작품의 소재가 될 수 있다는 것.
어쩌면 지구를 보호하는데 진정 필요한 건

이런 작은 '창의력'이 아닐까

생각해봅니다.

A watercolor painting on a rainy day

It was really impressive
to make a work of art out of trash that was thrown away.

기차역

옛 북천역에서 약 1km정도 이동한 새로운 북천역도
옛 북천역의 명성을 이어받아 지역의 특색을 담은
공간으로 디자인되었다고 한다.

매해 북천역 앞에서 호박 전시장이 열리기 때문에

호박을 닮은 노란색 둥근 라인의 북천역사가
작은 호박들 속에 파묻힌 큰 호박처럼 보이기도 한다.
지역의 특색에 맞게 디자인된 외관이 눈길을 사로 잡았다.

Train station

Embracing excitement, crumpling fear and starting a new start.

코스모스의 가을[*]

내 여린 부끄러움 색색으로 물들고

온종일 길가에 서성이는 마음

오직 그대 향한 것이라면

그대는 밤길이라도 밟아 내게로 오실까.

---

* <코스모스의 가을> 시인 오보영

돌담에 앉아

돌담에 앉아
황금 들판을 바라봅니다.

파란 하늘 아래
노랗게 익은 벼를 보며

올 한해를 되돌아 봅니다.

모두가 기쁜 일 풍년이었기를 빌어봅니다.

Sitting on a stone wall

I look back on this year while looking
at the yellow ripe rice under the blue sky.

코스모스 꽃길

파란 하늘과

길가에 알록달록 피어있는 예쁜 코스모스가

코로나로 지쳐 있는 우리들에게

활력을 불어넣어 줍니다.

저와 함께 코스모스 꽃길을 걸어 보실래요?

Cosmos Flower Road

Would you like to walk on the cosmos flower path with me?

물들어 가는 단풍

한 해를 마감하며 울긋불긋 물들어가는 잎을 보고,
사람들은 단풍놀이라 말하며 즐거워합니다.
잎사귀는 힘든 자연환경 속에서
한 해 동안 힘껏 버티며 살아남았습니다.
잎사귀에 단풍이 들면 잎이 지고, 곧 사라져 버립니다.
원치 않는데도 물러나야 할 때가 오는 게 자연의 섭리입니다.

언젠가는 우리의 삶도 물러나야 할 때가 오겠지요.

그때는 후회없이 살았노라 말하며
아무렇지 않게 마음 편히 떠나렵니다.

Colored leaves

There will be a time when our lives will have to step down.

노란 은행나무 아래에서

가을이 점점 짧아진다.
'이러다 곧 겨울 날씨가 되겠지.' 싶은 생각에

가을날 하루하루가 소중하다.

가지마다 가득 노란 잎 풍경도 좋고,

낙엽비가 흩날리는 것,

노란 은행잎 카펫을 밟는 것도 좋다.

Under the yellow ginkgo tree

Every day of autumn is precious because
I think, "It will soon become winter weather."

단풍

가을아!

어디까지 왔니?

서둘러

여름을 보내고 나니

어느새 단풍나무 위로

가을이 앉았다.

Maple

Before I knew it, autumn fell on the maple tree.

가을... 그리고 단풍

온 산이 붉게 물드는 단풍의 계절이다.
이때만 볼 수 있는 단풍은 가을의 선물이다.
지리산 노고단에서
울긋불긋 가을의 색을 바라보며

가을을 느껴봅니다.

Autumn... And autumn leaves

Looking at the color of autumn, I feel autumn.

낙엽

버리고 비워야
다시 채울 수 있다.

비우고 떨어져야
다시 새잎이 돋아난다.

낙엽 덮인 가을길에서
봄의 희망을 느껴본다.

fallen leaves

You have to throw it away and empty it to refill it.

공든 돌탑

이 산 저 산 걷다 보면 작은 돌을 쌓아 올린 돌탑을

심심치 않게 만나게 된다.

돌을 올리며 두 손 모아 기도 드렸던 기억.

나는 무엇을 소망했을까.

무수히 많은 저 돌 하나 하나에

얼마나 많은 사연이 담겨있을지 궁금해진다.

A painstaking stone pagoda

I wonder how many stories there will be in each of those countless stones.

가슴 따뜻해지는 인생길이 있습니다.

There is a heart-warming path to life.

A happy winter

겨울

함께 걷는 길

길이 있습니다.
혼자 걸으니

외로운 길이 있습니다.

무거운 짐이 있다면
들어 드릴게요.

하고픈 얘기가 있다면
들어 드릴게요.

길이 있습니다.
함께 걸으니
가슴 따뜻해지는 인생길이 있습니다.

The path of walking together

Walking together has a heart-warming life path.

마음의 문

"마음의 문을 여는 손잡이는
바깥쪽이 아닌 안쪽에 있다."

이 말은 마음의 문은 스스로 열어야지

다른 사람이 열어 줄 수 없다는 뜻합니다.

우리는 다른 사람의 마음을 알지 못해

속상하고 답답할 때가 있습니다.

내가 먼저 마음을 문을 열고 진심으로 대해주세요.

상대도 마음을 문을 서서히 열 테니...

당신의 마음의 문은 열려있나요?

A door to one's heart

Please open the door first and treat me sincerely.

비단

전통 한옥이 보존된 곳에서
색색의 고운색 천들이 사람들의 눈길을 사로잡습니다.
겨울이라 더욱 눈에 띄는 컬러풀한 천이 나풀나풀 거리는데,
천연염색으로 물들여진 비단입니다.
화학 염료가 아니라 색은 살짝 연하게 나오는데
이 과정이 반복되면 짙은 색을 낼 수도 있습니다.
친환경적이라 피부에 자극을 주지 않아
더욱 매력이 넘치지요.
전통 한옥마을에 가시면 천연염색 체험을 해보는 것도

좋은 경험이 될 것 같습니다.

Silk

I think it's more attractive because it's eco-friendly and doesn't irritate the skin.

무지개

빨주노초파남보

고즈넉한 담장 넘어

전통한옥의 멋스러움

옛것을 소중히 여기고

지켜나가는 아름다움

그리고 하늘거리는 쪽빛.

Rainbow

Cherish the old.

The beauty that protects.

And the fluttering indigo.

한옥마을

고즈넉한 담장 너머

우리 전통 한옥의 아름다움을 엿볼 수있는 곳

한옥마을은 변화하는 현재 속에서

옛 것을 소중히 여기고 지켜나가는 아름다운 마을입니다.

저도 이곳에서 그런 정신을 이어받아

옛 것을 소중히 간직하여, 후대에 물려주고 싶습니다.

Traditional Korean Village

I'm going to take over that spirit here.

I want to cherish the old and pass it on to future generations.

골동품 거리

길 가다 마주친 골동품 거리는

옛 것에 대한 추억을 물씬 느낄 수 있는 곳이에요.

마을 벽화 조성 사업도 진행되어

다양한 그림을 구경하는것도 재미있습니다.

한국의 과거와 현재, 조화로운 모습을

볼 수 있어서 좋았답니다.

다양한 벽화와 오래된 골동품을 보며 걷다 보면,

누구든 마음이 편해지고 고즈넉한 분위기에

사로 잡히게 되지요.

Antique Street

I became comfortable and caught in a quiet atmosphere.

방목리

방목리에서는 큰 말 모양의 조각상을
찾아 볼 수 있습니다.
조선시대 군마를 이곳에 방목하여 키웠다고 하여

붙여진 마을 이름, 방목리.

과거 말들이 뛰어다닐 때의 모습은 어땠을까요?
궁금증을 자아내는 동시에
과거의 그때로 한번 가보고 싶다는 생각을 해봅니다.

Bangmokri

horses of the past runWhat did he look like when he was young?
I want to make you curious and go back to the past.

그리움이 물들면

그리움이 물들어

그대 생각으로 온 하루를 보냅니다.

그리운 마음 그대에게 전하지도 못하고

바다를 바라보며 나홀로 내마음을 전해봅니다.

보고 싶다고 그립다고...

When the longing is colored

I can't even convey my longing to you,

but I'm looking at the sea and delivering my way to the sea.

첫눈

새하얀 꽃가루가 소복소복 쌓이더니
어느새 함박눈으로 온 세상이 하얗게 변해버렸습니다.

새하얀 눈 카펫을 밟으면

뽀드득 뽀드득 기분 좋은 소리를 들으며

눈을 맞으며 즐거웠던 따스한 겨울을 기억합니다.

The first snow

White pollen piled up, and the whole world turned white due to heavy snow.

행복의 문

행복의 한쪽 문이 닫히면
다른 쪽 문이 열린데요.

우리는 닫힌 문을 너무 오래 바라보기 때문에
열린 문을 찾지 못하는 거지요.

불행만 쳐다보지 말고
열려있는 행복의 문으로 걸어가 보세요.

지금도 당신을 기다리고 있어요.

The door to happiness

Don't just stare at misfortune and walk to the open door of happiness.

글램핑

차가운 바람 부는 겨울이지만

글램핑하기에는 더 좋은 것 같아요.

음식 가득 차려 놓고

우리들의 이야기는 끝이 없어라.

소곤소곤 비밀 이야기에

밤이 깊어가는 줄도 몰랐네요.

Glamping

There's no end to our story.

I didn't even know it was getting late.

각자의 색

봄, 여름, 가을, 겨울
계절이 가진 각자의 색

너와 나... 그리고
우리가 가진 각자의 색

모두 같지 않고 다르다는 것이 매력입니다.

우리가 더 아름다운 이유입니다.

Individual colors

The charm is that they are not all the same and different.

That's why we're more beautiful.

너의 곡선이 되어줄게

오늘은 너의 곡선이 되어줄게.

가끔은 기대어도 괜찮아.

내일도 너의 곡선이 되어줄게.

가끔은 쉬어가도 괜찮아.

Straight bamboo

I'll be your curve today.

Sometimes it's okay to lean on.

천사

나는 잠시 날개를 두고 왔을 뿐

천사가 아닌 것은 아니다.

우리 모두는 선한 마음을 가진 천사입니다.

날개는 없지만

따뜻한 가슴이 있으니까요.

Angel

I just left my wings for a while, but I'm not an angel.

We are all angels with good hearts.

잘했고 잘하고 있고 잘 될 거에요.

If you've had a hard time, good things will come soon.

And spring

그리고 봄

정미소

정미소를 개조해 만든 한 카페.

정미소는 벼, 보리 등 곡물을 가공하는 시설로

과거에는 동네마다 하나씩 있었지만,

이제는 쉽사리 만날 수 없게 되었다.

정미소를 개조해 만든 카페에서는

정미소에서 썼던 기계며 부품을 만날 수 있다.

과거의 모습을 그대로 이어 현재와 공존하고 있는

정미소의 또 다른 모습이 흥미롭게 다가왔다.

Rice mill

Now it's not easy to meet in the city.

내 사랑은

문득

좋은 곳을 갔을 때

맛있는 것을 먹었을 때

생각나는 사람이 있습니다.

이것이 사랑이라면

내 사랑은 당신입니다.

My love is

There is a person that comes to mind when I go to a good place

or when I eat something delicious.

If this is love, my love is you.

인생의 속도

인생의 속도를 줄이자.

너무 빨리 가다 보면

놓치고 살아가는 것이 많아진다.

천천히, 천천히

인생을 즐기며 살자.

더 많은 것을 볼 수 있을 것이다.

The pace of life

Let's slow down our lives.

If you go too fast, you lose more things and live.

Let's enjoy life slowly.

You'll see more.

포옹

꼬옥 안아주러 가는 길.

가장 부드럽고 따뜻한 위로를 선물할 거예요.

상대의 진심으로 가는

가장 빠른 지름길입니다.

지친 모습으로 들어오는 아이들을, 남편을, 아내를,

그리고 대면하는 누군가를...

36.5도의 체온을 나누는 이 아름다운 의식 속에는

정겨움과 사랑이 있습니다.

Hug

Hugging is the fastest shortcut to the other person's heart.

설레임

언제나 그 자리가 아닌

다른 곳에 있습니다.

오늘은 새로운 출발을 하는 날.

설레임 가득 안고

두려움 구겨 넣고

새로운 출발을 시작합니다.

Heart fluttering

Embracing excitement, crumpling fear and starting a new start.

장독대

줄 지어서 옹기종기 붙어있는 모습을 보니
옛 생각에 잠깁니다.

어머니의 보물창고였던 장독대.

장독에는 간장, 고추장, 된장, 정성
그리고 가족들을 생각하는 마음도
함께 들어가 있습니다.

An intestinal dock

And there is also a thought for family.

소나무

지역 박물관을 찾았을 때 마주한
수령이 아주 오래된 소나무가 있었습니다.

소나무는 우리나라 대표 나무답게

늘 한결같은 기상과 무한한 생명력을 가지고 있습니다.
저 소나무의 꿋꿋함과, 오랜 풍파를 겪으면서도
묵묵히 견뎌온 긴 세월이 존경스러웠습니다.
잘 보존하고 보호하여 오랜 시간
나무를 볼 수 있길 바라봅니다.

Pine

It always has the same spirit and infinite vitality.

꽃[*]

꽃이

너라고 생각하니

세상에 안 예쁜 꽃이 없다.

꽃이

너라고 생각하니

세상에 미운 꽃도 없다.

---

* <꽃> 시인 오보영

잘 될 거예요

기운 내세요!

힘든 일이 있었다면

이제 곧 좋은 일도 몰려올 거예요.

잘 했고,

잘 하고 있고,

잘 될 거예요.

It will be okay.

If you've had a hard time, good things will come soon.

수국 피었다[*]

수국 피었다.

그리움도 사랑도 한 몸에 지니고

땅심 따라 바람 따라 색을 입는 꽃

새 하얗게 지샌 밤 텅 빈 머리로

솜사탕 같은 환영으로 몽글거린다.

목마름을 참지 못해 흐느끼는 꽃.

푸른 물방울 툭툭 틔어 눈물 젖누나

그대 생각에 수줍어서 빨개진 얼굴

무지개 빛으로 꽃물들이고 살랑거린다.

해거름에 붉게 물든 하늘가에

그리움만 강물처럼 밀려오누나.

시큼한 기분, 청보라로 벙그는 수국이

어느 사이 빨간 홍조 띠며 활짝 웃는다.

그대 꽃 수국 피었다.

---

* <수국 피었다> 시인 윤춘순

나무

언젠가는 나도 큰 나무처럼

그 자리에서 누군가를 기다려 줄 수 있기를.

언제나 한결같은 모습을 가지고 살아가기를.

누군가에게 나무같은 존재이자

쉼터 같은 사람이 될수 있기를.

당신의 나무가 되고 싶습니다.

Tree

Someday I'll be like a big tree

I hope you can wait for someone there.

은정의 정원

발행일 2023년 6월 20일

지은이 강은정

사 진 강 은

발행인 손상민

편집기획 도서출판 나무와 바다

디자인 위시무무

펴낸곳 도서출판 나무와 바다

홈페이지 www.퇴근후책쓰기.com

ISBN 979-11-977237-1-1

값 20,000원

이 책은 저작권법에 의해 한국 내에서 보호를 받는 저작물이므
로 무단 전재와 복제를 금합니다 이 책 내용의 전부 또는 일부
를 사용하려면 반드시 저작권자와 도서출판 나무와바다의 동의
를 받아야 합니다.